EL CLUB DE LOS SABUESOS Y….

EL ENIGMA
DE LA ESFINGE

Dirección editorial: Emilio Losada e Isabel Ortiz
Escrito por: María Mañeru
Ilustraciones: J. Barbero y E. Losada
Maquetación: Equipo Dessin
Preimpresión: Marta Alonso

© SUSAETA EDICIONES, S.A.
C/ Campezo, 13 - 28022 Madrid
Tel.: 91 3009100 - Fax: 91 3009118
Impreso y encuadernado en España
www.susaeta.com

D.L.: M-854-MMXIV

EL CLUB DE LOS SABUESOS Y....

EL ENIGMA
DE LA ESFINGE

María Mañeru

Ilustrado por J. Barbero y E. Losada

EL CLUB
DE LOS SABUESOS

LAURIE

Hija mayor del matrimonio australiano de arqueólogos James y Lise Callender. Es una niña de nueve años, bondadosa y protectora, que siempre se siente responsable de sus hermanos y es también la encargada de escribir las aventuras de El club de los Sabuesos en su diario.

JOSEPH

El hijo mediano del matrimonio Callender tiene siete años, mucha imaginación y un carácter muy

particular. Es cabezota y a veces gruñón, pero también muy ingenioso, divertido e inteligente. Sus extraordinarias ideas pueden meter a todo el grupo en un lío muy gordo… ¡o hacerles salir de él!

AHMED

Hijo adoptivo de los Callender. De origen egipcio, Ahmed tiene diez años, conoció a Laurie, Joseph y Elizabeth en su primera aventura. Es muy valiente, fuerte y arrojado, y nunca duda ante un peligro.

ELIZABETH

Elizabeth solo tiene cinco años. Quiere a toda costa acompañar a sus hermanos. Le encanta el color rosa. Además, es muy lista para su edad, pero muy inocente. En ocasiones ha sido de gran ayuda.

TOTH

Es el mono de Ahmed y su nombre hace referencia a un dios egipcio. Es la mascota de El club de los Sabuesos, un animalito nervioso y gracioso, capaz de ayudarlos a salir bien parados de cualquier aventura.

CAPÍTULO I

LA GRAN ESFINGE DE GIZA

No podíais iros de Egipto sin haber visto la gran Esfinge de Giza –dijo papá, mostrándonos con orgullo aquel monumento. A mí me impresionaba estar bajo los 20 metros de altura de aquella inmensa escultura.

–Tiene cabeza humana –dije.

–Así es, Laurie –contestó papá–. Se cree que representa al faraón Kefrén.

–¿Y por qué tiene el cuerpo de león? –preguntó Ahmed, mi hermano mayor.

–El faraón quiso representar así su poder –dijo papá.

–Pues a mí me parece muy raro tener cabeza

La Esfinge de Giza

humana y cuerpo de león –intervino Joseph, mi hermano menor–. La gente normal no es así.

–Y el faraón tampoco lo era, te lo aseguro –contestó papá–. Simplemente, **se hizo retratar como una esfinge** para parecer más fuerte.

–Está bastante rota –opinó Elizabeth, mi hermana pequeña.

–El viento y la arena del desierto la han ido desgastando durante siglos –nos explicó papá–. Ha habido incluso épocas en las que estuvo enterrada y solo se le veía asomar la cabeza entre las dunas del desierto…

–… Y vaya unas patas largas que tiene –añadió Elizabeth.

–Sí, y ¿sabes?, una de esas patas guarda un misterio… –Papá se calló de pronto y entonces todos mostramos interés.

–¿**Qué misterio?** –preguntamos los cuatro a la vez.

–Se cree –continuó papá, sonriendo– que bajo la pata izquierda de la esfinge hay túneles o pasadizos, quizá un labe-

rinto, que antiguamente comunicaba con la **Gran Pirámide**.

–¿En serio? –preguntamos todos.

–¡Sí! –contestó papá–, pero en realidad no se sabe si es verdad o leyenda... Bajo la esfinge no se puede excavar: la escultura se vendría abajo.

Habíamos vivido varias aventuras en Egipto, pero **un sabueso nunca baja la guardia** ni deja de investigar un misterio, y creo que en ese mismo momento a mis hermanos y a mí se nos pasó por la cabeza la misma idea: ¡Resolver el enigma de la Esfinge!

CAPÍTULO II

PROBLEMAS
EN LA EXCAVACIÓN

uando regresamos, papá condujo directamente hasta la excavación. Estábamos de vacaciones y pasábamos más tiempo allí que en casa. No era un mal plan. La excavación era un lugar la mar de interesante, repleto de joyas arqueológicas, desde vasijas hechas pedazos que había que unir como si fueran un puzle, hasta tumbas completas. Nada más llegar notamos que algo no iba bien. Mamá tenía el rostro desencajado por la preocupación.

–Ha llegado esto –le dijo a papá, tendiéndole una carta.

17

Papá leyó en silencio y el gesto se le fue ensombreciendo.

–¿Qué pasa, papá? –le pregunté yo, intrigada.

Papá y mamá se miraron un segundo, como si estuvieran decidiendo si nosotros teníamos que enterarnos o no del asunto que se traían entre manos con tanto secretismo. Por fin, cedieron.

–Tenemos problemas para financiar la excavación –dijo papá.

—¿Qué es financiar? —preguntó Joseph pacientemente (¿por qué los mayores siempre hablan tan raro?).

—Quiere decir que **nos hace falta dinero** —aclaró mamá.

—¿Cuánto dinero? —pregunté yo—. Podríamos daros las monedas de nuestras huchas.

Papá y mamá me miraron con tristeza.

—Me temo que no serían suficientes, cariño —contestó mamá.

—Tenemos que conseguir **un patrocinador...** Un mecenas... Alguien que nos ayude económicamente, porque si no...

—Si no, ¿qué? –preguntó Ahmed.

—Si no, tendremos que **cerrar la excavación**, dejando nuestras investigaciones a medias, y volver a Australia.

—Pero estos no son asuntos que deban preocupar a los niños –intervino mamá–. ¿Por qué no vais a dar una vuelta?

Sabemos cuándo estamos de más, así que nos fuimos.

CAPÍTULO III

ELIZABETH «COMPRA» UN SOUVENIR

Horas más tarde paseábamos por la ciudad curioseando entre los **puestecillos callejeros** y las tiendas de recuerdos para turistas. Confieso que a mí **me interesan los papiros que reproducen escenas de dioses o faraones** célebres. Por eso entré en aquel bazar apartado y algo oscuro, donde me puse a rebuscar. Mis hermanos también entraron y cada uno dirigió su atención a las piezas que más le interesaban. El valiente Ahmed miró los arcos y flechas que reproducían con exactitud las armas que pudo usar el gran faraón Ramsés II. Toth, nuestro mono, iba sentado sobre la cabeza de

Ahmed, como si fuera en un cómodo sillón. Joseph se acercó a la vitrina donde había copias de **vasos canopes**.

—Aquí ponían el corazón, el hígado y los pulmones del muerto —le susurró lúgubremente a Elizabeth, para asustarla.

Pero Elizabeth llevaba ya bastante tiempo en Egipto como para **dejarse impresionar** por tan poca cosa. Francamente, después de haber redescubierto la tumba de Tutankamón y de haber rescatado el papiro real de Turín, aquellos vasos canopes no podían darle ni pizca de miedo, así que la pequeña no hizo mucho caso y se puso a toquetear las pequeñas pirámides en miniatura.

Entonces, de la trastienda se oyó de pronto un gran estruendo **que nos asustó**. Toth se abrazó al cuello de Ahmed y nosotros dimos un respingo.

—¿Qué ocurre? —preguntó Joseph, alarmado.

Corrimos hacia la trastienda justo cuando salía de ella **un hombre maldiciendo en árabe**. Tenía la ropa llena de polvo y se la sacudía de muy mal genio. Al vernos, se paró en seco.

–**¡Oh, perdón!** –se excusó hablando con un acento muy marcado–. No sabía que había clientes en la tienda…

–**¿Qué ha pasado?** –preguntó Ahmed.

–Nada, nada… –respondió el hombre, visiblemente nervioso–. Solo se me han caído algunas cosas…

–Podríamos ayudarle –propuso Ahmed, asomando la cabeza a la trastienda.

–¡No! –el hombre parecía incómodo–. Quiero decir… No es necesario… No es nada. Eeeeeh… Gracias, niños, seguro que vuestros padres os están buscando…

De pronto, escuchamos llorar a Elizabeth.

–¡Se ha roto! –gimoteaba.

Con el susto, una de las pirámides en miniatura se le había caído al suelo y se había hecho añicos.

—No pasa nada, no pasa nada —dijo el hombre, al que se le notaba deseoso de que nos fuéramos—. **¡Toma!**

Y le dio a Elizabeth una figurita de la Esfinge de Giza que cogió distraídamente del mostrador.

—Ahora, marchaos, marchaos. Debo cerrar el bazar para poner orden.

Nos empujó suavemente hasta la calle y echó el cerrojo, colgando un cartel viejo en el que podía leerse: **Closed**, cerrado en inglés.

—Pues vaya —dijo Joseph, confundido.

—Al menos Elizabeth ha conseguido un recuerdo gratis —dijo Ahmed.

CAPÍTULO IV

LA PERLA NEGRA

E lizabeth colocó **la figurita de la esfinge** en su mesilla de noche. Allí tenía sus objetos preferidos: un broche con un corazón, unas gafas de sol doradas y una pulserita que le había regalado mamá por su cumpleaños. Puso la pequeña esfinge a su lado y, para decorarla, **le colocó la pulserita** alrededor de la cabeza, cosa que nos hizo reír a todos.

—Así el faraón Kefrén estará mucho más guapo —aseguró Elizabeth.

Entonces aún nos hizo más gracia y, como siempre que nos reímos, Toth mostró su alegría **dando volteretas**, con tan mala suerte

que en una de sus cabriolas golpeó la figurita de la esfinge y la tiró al suelo.

–¡**Mono malo!** –gritó Elizabeth, rompiendo a llorar.

Ahmed se puso a reprender al pobre monito mientras yo trataba de consolar a la pequeña.

–No llores… Seguro que puede arreglarse

con el superpegamento de papá. ¿Quieres que vaya a buscarlo?

Joseph **recogió la figurita y la miró** con detenimiento. Se le había roto la pata izquierda.

–Hay algo dentro de esta esfinge –anunció Joseph.

Aquello había sonado tan misterioso que Elizabeth dejó de llorar automáticamente y todos nos acercamos a mirar. Joseph **inclinó un poco la figura** y vimos cómo, desde dentro, una brillante y preciosa **perla negra** se deslizó hasta la palma de su mano.

Nos quedamos mudos de asombro.

–¡Ooooooh!

¡Mi esfinge tenía un tesoro dentro! –declaró Elizabeth con sencillez.

—¿No os parece raro? –murmuró Ahmed–. ¿No es raro que **un souvenir barato** tenga una perla dentro?

—¿Y que ese pequeño tesoro esté precisamente **EN LA PATA IZQUIERDA?** –añadí yo–. ¡Justo donde papá dijo que la Esfinge de Giza guardaba un misterio!

—Vamos a tener que volver al bazar –resumió Joseph.

CAPÍTULO V

UN DESCUBRIMIENTO PELIGROSO

Por supuesto, nuestra intención no era presentarnos en el bazar a plena luz del día, para que el dueño volviera a despedirnos como la última vez, así que decidimos ir a investigar durante la noche.

Y os preguntaréis cómo lo hicimos, puesto que no suele ser lo más normal que unos niños tengan libertad de movimientos durante la noche. Pues veréis, una de las ventajas de los arqueólogos es lo bien que duermen. Con un trabajo tan absorbente, papá, mamá y sir Andrew Alistair, el director de la excavación, **dormían como piedras** cuando

31

salimos sigilosamente de casa en plena madrugada. La ciudad de noche asusta a la mayor parte de los niños, y nosotros, a pesar de ser cuatro sabuesos, no éramos una excepción. Todo parece más peligroso en la oscuridad, las calles están vacías y se te pasa por la cabeza la idea de que en la próxima esquina, de pronto, te saldrá al paso un bandido... He de deciros que todo eso es falso: la gente suele dormir de noche y si te tropiezas con alguien en la calle, seguramente será un barrendero o un policía. Pero aunque esa es la verdad, no podíamos evitar estar asustados, de manera que caminamos muy juntos, pegados a las paredes de las casas y amparados en las sombras, hasta dar con el bazar.

Por descontado, estaba cerrado. Pero Ahmed es un muchacho con recursos. Se le ocurrió dar la vuelta al local y, por la parte trasera, halló un ventanuco que no estaba cerrado. Era muy pequeño, algo así como un respiradero por el que no cabría ni la pequeña Elizabeth.

–**Por aquí no podemos entrar**, Ahmed –le dije en voz baja.

–Nosotros no –me contestó–, pero sí Toth.

Dicho y hecho, Ahmed levantó la trampilla y dejó que Toth entrara. Nos quedamos esperando, aguzando el oído por si podíamos escuchar algo. ¡Y vaya si lo oímos! De pronto, se encendieron luces en el local y escuchamos voces, gritos y golpes. Toth salió por donde había entrado como una exhalación. Llevaba varias figuritas iguales a la esfinge de Elizabeth, se subió al hombro de Ahmed y salimos de allí corriendo, justo a tiempo de evitar que el dueño del bazar nos viera cuando abrió la puerta.

CAPÍTULO VI

EL ENIGMA DE LAS ESFINGES

orrimos como alma que lleva el diablo. Es más, nunca en mi vida he corrido a semejante velocidad. Bien dicen que el miedo da alas, porque **los cuatro volábamos** ligeros como plumas a las que empuja el viento.

Toth iba sujetando las figuritas con las dos manos; Ahmed sostenía a Toth; Joseph, tan ágil como siempre, nos sacaba ya un buen trecho, y yo arrastraba literalmente a Elizabeth calle abajo. Podía escuchar con claridad el repicar de nuestros zapatos sobre el pavimento y también los latidos desbocados de mi corazón.

Solo paramos cuando llegamos a casa, abrimos con la llave **muuuuuuuuy despacio** y subimos de puntillas a nuestro dormitorio, cerrando la puerta con un discreto **«clic»**.

Solo entonces suspiramos aliviados.

—Hay que ver **la que has liado** para apoderarte de estas figuritas, Toth –dijo Ahmed.

Pero no estaba enfadado, porque le dio un cacahuete como premio.

—Bueno –dije yo–, ¿y ahora qué?

—Ahora –me contestó Joseph–, **vamos a ver qué hay dentro de las esfinges**.

Sin pensarlo dos veces, Joseph cogió las tres esfinges y, con el

canto del libro de matemáticas (que era gordí-
simo), las fue golpeando para romper la pata izquierda. Cogió la primera y la inclinó, mante-
niendo la palma de la mano abierta. Algo **rodó
desde el interior** y todos contuvimos la respiración.

De la primera esfinge salió un rubí rojo y brillante; **de la segunda, brotó un zafiro
azul** y cristalino; y de la tercera, una esmeralda
verde y transparente.

—¡**Ooooooh**! —exclamamos todos.

Era increíble, ahora ya no teníamos ninguna
duda: aquellas esfinges con aspecto de souvenir corriente escondían en su interior
un tesoro inexplicable, pero
nosotros íbamos a averiguar qué
hacía allí.

CAPÍTULO VII

EN LA BOCA DEL LOBO

Era evidente que en la trastienda del local de souvenirs pasaba algo raro, pero no se nos ocurría la manera para lograr entrar a echar un vistazo.

–El tipo del bazar ya nos hizo salir de allí una vez –le dije a Ahmed–. Si vuelve a vernos entrar, no dudará en echarnos sin miramientos.

–… Y después de la sorpresa que le dimos esta noche, estará prevenido –añadió Ahmed, pensativo.

–Pues hay que entrar –aseguró Joseph, categóricamente.

Era verdad, así que estuvimos pensando un rato, pero no se nos ocurrió nada mejor que **ir a merodear cerca** del bazar al día siguiente.

Cuando llegamos, la calle estaba llena de gente que iba y venía como de costumbre, con la frenética actividad de los mercados árabes. Comerciantes, **compradores y hasta pequeños ladronzuelos** se sucedían en las calles estrechas y bulliciosas, totalmente atestadas entre puestos y visitantes. Normalmente nos gustaba mucho pasear por los bazares y buscar baratijas, pero ese día toda nuestra atención estaba concentrada en un único punto.

Nos apostamos en la acera de enfrente, junto a un tenderete de fruta, esperando a que ocurriera o, más bien, a que se nos ocurriera, algo. Pero en el bazar no había clientes y solo veíamos de vez en cuando, a través de la sucia cristalera, entrar y **salir de la trastienda** al mismo dependiente que vimos el día anterior.

No había nada que hacer y empezábamos a aburrirnos, cuando de pronto se produjo un

tumulto callejero. Una **motocicleta** se había llevado por delante un precario puesto de dátiles y frutos secos. El conductor había caído sobre la mercancía y el dueño del puesto daba voces llamando la atención de los paseantes. Vimos cómo **la puerta del bazar se abría** y se asomaba el

dependiente, que salió a curiosear lo que pasaba en la calle. Entonces hicimos algo muy típico de nosotros: **meternos en un lugar sin saber cómo íbamos a salir**.

Ahmed, con Toth sobre su cabeza, echó a correr cruzando la calle con Joseph pisándole los talones y yo tiré de Elizabeth. Los cinco entramos en la tienda como una exhalación y, sin pensarlo demasiado, nos metimos en la oscura trastienda. En ese momento nos pareció el mejor escondite, pero estábamos, sin saberlo, en la boca del lobo.

CAPÍTULO VIII

EL TALLER DE ESFINGES

L a trastienda estaba llena de trastos. Muchos eran **viejos souvenirs** llenos de polvo y pasados de moda, otros eran recuerdos para turistas más modernos, de los que se podían encontrar en todos los bazares de Egipto por muy poco dinero. Nada de eso nos llamó la atención. Sin embargo, hacia el fondo, estaban dispuestas unas mesas en las que se alineaban cientos de esfinges como la que ya conocíamos. Algunas estaban intactas, pero otras tenían la pata izquierda abierta.

Al echar un simple vistazo, pudimos darnos cuenta de que aquello era una suerte de taller en

el que se estaba trabajando en ese mismo momento. Unas **bandejas con piedras preciosas** de distintos tipos estaban colocadas junto a las esfinges abiertas y un tubo de pegamento sin tapar indicaba que alguien estaba rellenando las esfinges con las joyas para después volver a cerrarlas. Junto a las mesas había cajas apiladas; unas estaban llenas de esfinges y otras vacías. Ahmed cogió una esfinge al azar de la primera caja que vio y la agitó. Una piedra preciosa tintineó en su interior. Nos miramos, pero a ninguno nos dio tiempo a decir ni mu.

En ese momento oímos cómo la puerta del local volvía a abrirse y las voces de **varios hombres** se acercaban. Nos escondimos en el lugar más apropiado: el interior de las cajas vacías. Las voces **se acercaron cada vez más**, hasta que oímos perfectamente cómo entraban en la trastienda.

—¿**Está todo preparado?** –aquella voz ronca y silbante me resultó extrañamente familiar.

—En pocas horas habré terminado –contestó el dependiente con su fuerte acento sureño.

—Bien. El primer **cargamento de esfinges** debe salir esta misma noche. Nos llevaremos las más valiosas: **los diamantes**. Yo mismo me encargaré de la operación.

Traté de recordar dónde había escuchado antes **esa voz**, pero no lo logré, así que tomé la decisión de enterarme. Para ello, me quité una horquilla del pelo y, con muchísimo cuidado, hice un agujero minúsculo en el cartón de la caja que me cobijaba, agrandándolo poco a poco hasta que pude mirar a través de él guiñando un ojo. Cuando reconocí quién era aquel hombre, se me heló la sangre en las venas.

CAPÍTULO IX

UN VIEJO ENEMIGO

El dependiente estaba sentado. Introducía **una joya en una esfinge** y después pegaba la pata, para depositar por último la figurita en la caja que tenía abierta, donde yacían cientos de figuritas, y por tanto de piedras preciosas, amontonadas de cualquier manera. De pie, el otro hombre le observaba en silencio mientras **fumaba un apestoso cigarrillo** muy fino.

Yo me había quedado sin respiración. Aquella mirada fría, esa voz intranquilizante… Era sin lugar a dudas John Parker, el viejo enemigo de Sir Andrew Alistair, el director de nuestra ex-

cavación y gran amigo de mis padres. Hacía mucho tiempo que no sabíamos nada de él, desde que robó el famoso papiro de Turín y fue atrapado por la policía gracias, precisamente, a las investigaciones de El club de los Sabuesos. Después de aquel episodio, Parker se había escapado de la cárcel, prometiendo que se vengaría... ¿De la policía? ¿De la sociedad? ¿De Sir Andrew? O... ¿tal vez de nosotros? Una oleada de miedo me recorrió el espinazo.

En todo caso, ahí estaba ahora. A todas luces, se había convertido en el jefe de una banda de contrabandistas de joyas y nosotros lo acabábamos de descubrir.

—Esta noche volveré —le dijo por fin al dependiente, aplastando el cigarrillo maloliente contra un cenicero viejo que había sobre la mesa—. Llevaremos la carga a través de los subterráneos.

—Sí, señor —respondió el hombre.

Parker le entregó un billete de veinte dólares que el dependiente se metió en el bolsillo tan contento. Era increíble, ¡tenía millones entre sus manos, en forma de piedras preciosas! Me pregunté cómo era posible que Parker siempre encontrara ayudantes tan torpes como para no preguntarse por qué todo el dinero se lo llevaba el jefe...

Parker echó un último vistazo al lugar y salió de la trastienda, dejando a su compinche en pleno trabajo. Nosotros nos acurrucamos en el interior de las cajas. No podíamos hacer nada más que esperar en silencio.

CAPÍTULO X

SOLOS EN EL BAZAR

No sé cuánto tiempo pasó. Recuerdo que cuando el dependiente por fin apagó la luz y salió, cerrando tras de sí la puerta del local, tenía las piernas totalmente entumecidas. Todos **salimos de nuestra caja** con cierta prevención, menos Joseph, que no salió. Cuando abrimos la tapa de su caja vimos con asombro que... ¡Se había quedado dormido tan tranquilo!

—¿Cómo puedes dormirte en un momento así? –le pregunté un poco irritada.

—No se me ocurría una forma mejor de aprovechar el tiempo –me contestó, bostezando–. **¿Me he perdido algo?**

Mi hermano a veces me saca de quicio. Esa actitud suya en la que parece que nada le importa me pone de los nervios, pero no era el momento ideal para ponernos a discutir.

—Son contrabandistas —dijo Ahmed—. ¿Lo habéis oído? **¡Van a sacar las joyas esta noche!**

—Nosotros se lo impediremos —contestó Joseph.

—Tengo hambre —opinó Elizabeth.

—¡Callaos todos! **¡Silencio!** ¡Stop! —grité yo, harta de sus comentarios sin sentido.

Y funcionó, porque todos me miraron entre enfadados y asombrados. Tomé aire y les di la gran noticia:

—**¡Era John Parker!**

Se quedaron callados, conmocionados. Ahmed fue el primero en reaccionar.

—¿John Parker? ¿Nuestro John Parker?

—**¿Cuántos John Parker conoces?** —le respondí con ironía—. ¡Por supuesto que era «nuestro» John Parker...

—¡Claro! Por eso la voz me resultaba conocida... Así que al escaparse de la cárcel se buscó un negocio mejor que el robo de tesoros arqueológicos...

—Sí —asentí—. Ahora, **en lugar de papiros, roba joyas**.

—Bien —intervino Joseph—. En todo caso, tenemos que **pararle los pies**.

Era fácil decirlo. Joseph siempre expone las cosas como si fueran muy sencillas, pero en ese momento **estábamos en un local cerrado** a cal y canto y la noche se nos estaba echando encima. Sabíamos que, en cualquier momento, Parker y su compinche llegarían y, desde luego, no debían encontrarnos allí.

CAPÍTULO XI

LA PUERTA ESCONDIDA

Tras inspeccionar la tienda y la trastienda con más profundidad, nos dimos cuenta de que estábamos atrapados. Nuestra única ventaja era que ni Parker ni su socio sabían que estábamos allí, de manera que, mientras permaneciésemos escondidos y en silencio, nada malo nos podría ocurrir. Pero un sabueso precavido vale por dos. Así que nos pusimos a recopilar todo aquello que pudiese sernos de utilidad. Ahmed cogió una navaja de esas de tipo multitusos. Joseph trajo una cuerda. Yo me hice con una linterna. Elizabeth y Toth trajeron **unas chocolatinas** del mostrador que nos sirvieron de cena... Y que pudimos repartir **gracias a la navaja** de Ahmed.

Decidimos además que nos esconderíamos en las mismas cajas, pero tomamos la precaución de abrir un pequeño agujero en todas ellas, porque de ese modo todos podríamos ver lo que ocurría fuera.

—¿Y ahora qué? –preguntó el siempre impaciente Joseph.

—Esperaremos a que sea noche cerrada –dijo Ahmed.

—¿Y si vienen antes? –aventuró Joseph.

—Es poco probable hacer contrabando de joyas a plena luz del día, ¿no crees?

Así, esperamos unas horas y cuando nos pareció que era el momento, volvimos a las cajas. No tuvimos que esperar mucho: pronto **oímos cómo se abría la puerta** y todos nos volvimos repentinamente mudos.

Parker entró el primero. Miró con aprobación el trabajo terminado y colocó las cajas con las joyas sobre un carrito con ruedas de los que

sirven para transportar maletas por los aero-
puertos.

–¡**Vamos!** –le indicó a su ayudante.

Para nuestro asombro, Parker no se dirigió hacia la puerta, sino hacia la pared en la que terminaba –o eso parecía– la trastienda. Por un momento, pensé que quizá fuera **un brujo** capaz
de atravesar las paredes, pero lo que ocurrió fue
que tocó algo en un lateral y lo que hasta ese momento había sido una inofensiva
estantería de libros viejos

se abrió automáticamente, como si fuera una puerta, dejando pasar, quién sabe hacia dónde, a Parker y al dependiente, que arrastraba el carrito. Después, **la estantería regresó a su lugar** con apenas un pequeño chasquido, dejando la trastienda en completo silencio, con cuatro niños tan callados como asombrados.

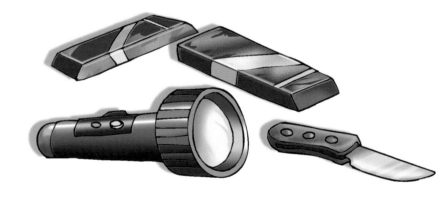

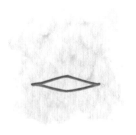

CAPÍTULO XII

EL MECANISMO SECRETO

alimos de nuestros escondites rápidamente y nos acercamos a la puerta-estantería. Nada en su exterior hacía suponer que allí había nada más que libros antiguos.

—Pues sí que teníamos cerca la salida —comentó Ahmed sin poder contener cierta rabia.

La verdad era que, después de haber pasado tantas aventuras en Egipto en las que las paredes se movían constantemente dejando al descubierto pasadizos secretos, túneles y laberintos, bien podíamos haber supuesto que Parker guardaría un as de este tipo en la manga...

–**Abramos la puerta** y vayamos tras ellos–dijo Joseph, muy animado.

Ese afán de aventuras suyo siempre terminaba dándose de bruces con la dura realidad.

–**¡Claro!** –dije yo–. ¡Qué fácil! ¿Verdad, Joseph? «Solo» se trata de abrir la puerta... **¿Sabes tú cómo se hace?**

Joseph negó con la cabeza. **Empujamos y tiramos** de uno en uno y todos juntos, pero la estantería no se movió ni un milímetro de su sitio.

–Tiene que haber algún mecanismo –dedujo Ahmed tras nuestros múltiples e infructuosos intentos–. **Parker tocó algo** por aquí, pero... **¿qué?**

Miré el marco de la estantería. Estaba totalmente labrado con figuras de todo tipo, desde camellos hasta aves parecidas al ibis, palmeras, cocos, letras jeroglíficas...

–Aquí está **Kefrén** –señaló Elizabeth, muy contenta por haber encontrado algo conocido.

Con su dedito, señaló el lugar en que estaba esculpida la esfinge de perfil. El ojo de la esfinge era una piedra preciosa de color azul. Instintivamente, Ahmed **apretó la gema** y, como si fuera el botón que accionaba un resorte, la estantería se desplazó, dejando ver un túnel angosto y oscuro.

Nos miramos unos segundos. De nuevo nos íbamos a meter irremediablemente en un lugar **sin saber cómo íbamos a salir**, lo veía venir. A ver quién les decía ahora a mis hermanos: «**Bien**, cerremos la puerta y volvamos a casa»...

Todos me miraron. Suspiré, **encendí la linterna** y la enfoqué hacia aquel hueco. Entonces oí con cierta angustia cómo la puerta se cerraba a nuestras espaldas con un sonido sordo y débil. Ya no teníamos más remedio que seguir avanzando.

CAPÍTULO XIII

DENTRO DEL LABERINTO

l túnel era húmedo y parecía haber sido excavado artesanalmente porque era totalmente irregular. Olía a cerrado, como un armario que no se hubiera abierto en años. El aire era muy pesado allí dentro, pero ya daba igual que sintiéramos miedo o aprensión porque **no podíamos volver atrás**. Debíamos avanzar sin saber hacia dónde.

Para asegurarnos de que caminábamos juntos en aquella **lóbrega oscuridad** solo rota por la insuficiente luz de mi linterna, nos pusimos en fila y usamos como punto de unión la cuerda que había traído Joseph. Como si fuésemos una

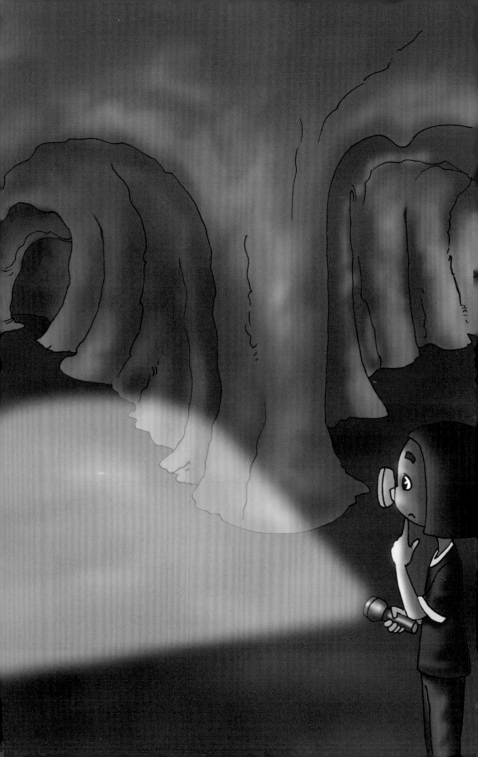

fila de escolares que van de excursión, empezamos a andar. Toth se había subido a mi cabeza para estar más cerca de la luz, y Elizabeth, que iba justo detrás de mí, me tendió la mano un poco asustada.

Caminamos en línea recta durante unos minutos hasta que encontramos una bifurcación. El camino se dividía en dos: hacia la derecha y hacia la izquierda.

–¿Y ahora? –preguntó Ahmed, confundido.

Enfoqué con la linterna hacia el suelo en busca de huellas y **vi las marcas de las ruedas** del carrito que arrastraba Parker en el camino de la derecha.

–Es por aquí –susurré con satisfacción.

Seguimos caminando y cada cierto tiempo encontrábamos que el camino cambiaba de dirección o volvía a bifurcase. Si no hubiera sido por las marcas de las ruedas sobre el suelo terroso, **nos hubiéramos perdido**, ya que aquel sendero no era otra cosa que un inmenso laberinto. Caminamos durante más de una hora, lo sé porque Ahmed tuvo que llevar a Elizabeth a corderetas en algún momento, pues la pequeña se cansaba mucho más que nosotros.

De pronto, la luz de la linterna parpadeó y, finalmente, se apagó. ¡Nos habíamos quedado sin pilas! Nos sentimos perdidos y desesperados en mitad de la oscuridad; pero cuando se nos acostumbró la mirada, vimos que había **un pequeño resplandor** al fondo del túnel. Por fortuna, habíamos llegado al final en el momento justo.

Nos fuimos acercando muy despacio, casi deslizándonos como sombras, porque la voz de Parker llegaba ya a nuestros oídos de nuevo. Aquel resplandor no era otra cosa que la linterna de Parker. **Nos agazapamos discretamente**, pero Ahmed asomó un poco la cabeza.

—Parece un almacén —me informó en voz baja.

Y volvió a asomarse otro poco.

—Es una sala rectangular, muy larga —siguió describiéndome—. Parker y su socio están arras-

trando el carrito hasta la pared del final, creo que deberíamos intentar acercarnos...

Salimos del túnel a gatas y fuimos detrás de Parker, a una distancia prudencial, escondiéndonos tras unas gigantescas columnas que, incomprensiblemente, Ahmed se había olvidado de describir. De puntillas, nos acercamos lo suficiente como para ver que Parker levantaba una palanca metálica que había en la pared, y entonces... ¡Una losa de piedra se deslizó a un lado, dejando paso libre! Los dos hombres salieron con su carrito, dejándonos de nuevo sumidos en la oscuridad.

CAPÍTULO XIV

¡SORPRESA!

os cuatro pegamos las orejas sobre la losa de piedra, que había vuelto a su sitio. Fuera, como si estuvieran muy lejos (aquella losa debía de ser muy gruesa y muy pesada), **oímos el ruido de un motor**, e incluso a Parker, que gritaba:

–¡A la Avenida de las Esfinges, rápido!

Después, todos los sonidos se fueron alejando y nos pareció que se habían marchado. No accionamos la palanca hasta que dejamos de oír **cualquier ruido y, solo entonces, Ahmed levantó la palanca**, tal y como había visto hacer a Parker un momento antes.

La losa de piedra se desplazó suavemente, sin ejercer ninguna fuerza sobre ella, y todos salimos al exterior. Era de noche todavía y por fin podíamos respirar aire puro.

–¡Ah! –exclamó Joseph–, tengo la impresión de haber pasado mil años encerrado.

–Todos tenemos esa impresión –le contesté.

Entonces nos dimos cuenta de que el ruido de motor que habíamos oído desde dentro era el de un helicóptero, que en ese momento ya estaba bastante lejos.

–¡Parker ha huido de nuevo con las joyas!– exclamé–. Se nos ha escapado y se ha salido con la suya...

–Bueno –intervino Joseph–... Sigue habiendo joyas ahí dentro... Un montón de ellas... Digo yo que tarde o temprano volverán a por ellas.

–Y habrá que tramar un plan para atraparlos –añadió Ahmed–. ¿Verdad, Laurie? ¿Laurie?

Yo me había quedado muda por el asombro al darme la vuelta y a mis hermanos les

pasó lo mismo cuando se giraron para ver qué era lo que me provocaba tal sorpresa.

–¿**Veis lo que yo veo?** –pregunté, aún sin creérmelo.

–¡Sí! –contestaron mis hermanos.

¡Habíamos salido, ni más ni menos, a los pies de la Esfinge de Giza. En concreto, al pie izquierdo. ¡Parker usaba los **míticos subterráneos de la Esfinge** para llevar a cabo sus sucios negocios!

CAPÍTULO XV

DE VUELTA A CASA

No llegamos a casa hasta el amanecer y lo hicimos agotados. Pero **lo peor** de todo fue encontrarnos la casa totalmente revolucionada. Papá, mamá y Sir Andrew, alarmados por nuestra desaparición, nos habían buscado por todas partes y estaban a punto de llamar a la policía egipcia, cuando nos vieron llegar.

—¡Niños! —exclamó mamá—. ¡Estáis aquí!

—¿Pero dónde os habíais metido? —preguntó papá atropelladamente, presa del nerviosismo.

Por el camino nos había dado tiempo de buscar una excusa, porque nuestra intención era la de seguir investigando hasta el final sin decir nada a los mayores. ¡Total, no nos iban a creer!... Nos habíamos puesto de acuerdo en decir que nos habíamos perdido jugando y nos había costado encontrar el camino de regreso a casa.

Notamos que no sabían si abrazarnos de alegría o castigarnos sin postre el resto

de nuestra vida. ¡Y ganó la segunda opción! Nos cayó una **bronca monumental** y estuvimos tres días castigados sin salir. Mis hermanos estaban muy nerviosos, pero yo aproveché el encierro para estudiar dónde demonios estaba, o qué era, la Avenida de las Esfinges, el lugar al que Parker había llevado su helicóptero.

El cuarto día hicimos una reunión de sabuesos y les expliqué a los demás lo que había descubierto.

—La Avenida de las Esfinges es un sendero que une el Templo de Luxor con el **Templo de Karnak**. Está sobre las ruinas de la antigua ciudad de Tebas. Parece ser que el faraón **Amenofis IV** comenzó la construcción.

—¿**Amenofis qué?** –preguntó Joseph–. ¿Y ese quién era?

—Pues era el padre de Tutankamón.

Joseph asintió, **Tutankamón** ya era para nosotros como un viejo amigo...

–**¿Y qué es un sendero?** –preguntó a su vez Elizabeth.

–Un camino. Por lo visto eran unos 3 kilómetros en los que se construyeron cientos de esfinges

91

de piedra alineadas, aunque hoy solo quedan en pie unos 100 metros... He leído que hay como **650 esfinges** en total.

–¡**Vaya!** –exclamó Ahmed–. Entonces tenemos que ir a Luxor... Pero desde El Cairo solo se puede ir en avión... ¡Hay más de 600 kilómetros!

–¿Cómo vamos a viajar desde El Cairo hasta Luxor sin pedir permiso a papá y mamá? –preguntó Joseph.

No supimos qué contestar, pero tampoco hizo falta, porque **Joseph dio con la respuesta** a continuación:

El Cairo

–Como no nos colemos en el helicóptero de Parker... –dijo para sí mismo.

Era una idea típica de Joseph, tan absurda y descabellada, que era precisamente... **¡la que íbamos a llevar a cabo!**

Mar Rojo

Tebas

Luxor

CAPÍTULO XVI

PLANES PARA SUBIR A UN HELICÓPTERO

No es fácil subir a un helicóptero en plena madrugada, sin ser visto, arriesgando tu vida ante una banda de contrabandistas, teniendo menos de diez años y siendo, no uno, sino cuatro niños y un mono, así que la «**brillante**» idea de Joseph, de esperar al pie de la Esfinge y colarse en el helicóptero junto con la carga no era la mejor. Pero Ahmed tenía un plan bastante más razonable.

—Volveremos a entrar en el bazar y uno de nosotros se esconderá... Por ejemplo, en una caja, como la otra vez. De esta manera, será el mismo Parker quien se lleve a uno de nosotros hasta el helicóptero sin sospechar que, en vez de joyas, se lleva un polizón.

Ahmed empezó a reírse como si fuera una travesura inocente y no una acción sumamente peligrosa.

—Lo haré yo —decidió Joseph al instante.

—¡Ni hablar! —dijo Ahmed—. La idea ha sido mía...

—Tuya a medias. ¡Yo fui el que habló del helicóptero de Parker! —se defendió Joseph.

La discusión entre mis hermanos podía durar toda la vida, así que tomé una decisión:

—Yo me esconderé en la caja —dije. Y al instante me arrepentí de haberlo dicho. ¡Otra vez metida en un buen apuro!

No les pareció bien, pero sí mejor que perder aquella batalla ante el otro, así que ambos cedieron.

—Me llevaré a Toth —añadí.

Me aterraba la idea de ir sola, lo confieso. Siempre me meto en líos para evitar que mis hermanos discutan...

Aún quedaba planear el «pequeño» detalle

de cómo entrar en el bazar sin que el dependiente se enterase.

—Dejadme eso a mí —dijo Ahmed con un misterioso brillo en los ojos.

—¿Qué vas a hacer? —pregunté.

Pero era inútil. Ahmed salió de casa con mucha decisión, aunque no reveló el secreto de cómo pensaba hacer aquello. Yo estaba segura de que solo quería ser el protagonista después de haber discutido con Joseph.

—Volveré en unas dos horas —dijo, por toda explicación.

Y cerró dando un portazo.

CAPÍTULO XVII

LOS AMIGOS DE AHMED

Cuando digo que mi hermano Ahmed es un chico con recursos, a veces me quedo corta. Todos parecemos haber olvidado que, hace no demasiado tiempo, Ahmed no pertenecía a nuestra familia. Era uno de tantos muchachos que recorren las calles buscando algo para comer cada día, hasta que papá y mamá **lo adoptaron**. Es verdad que en muy poco tiempo se acostumbró a las normas de la familia y al colegio, pero aunque es muy listo, hay **algo indomable en él...** Y ese algo le hace muy especial.

Menos de dos horas después de haberse ido, **escuchamos repiquetear** pequeñas piedras o guijarros contra los cristales de la ventana. Joseph se asomó a mirar.

—Es Ahmed... Y unos veinte niños más –dijo con calma, como si los estuviera contando.

Me asomé rápidamente y pude ver a nuestro hermano rodeado de muchachos parecidos a él cuando lo conocimos: con la ropa desgastada y el rostro sucio, pero con unas sonrisas tan blancas que parecían el espejo de la felicidad.

Ahmed me hizo señas para que bajara y los tres salimos de casa y dimos la vuelta al edificio para encontrarnos con ellos.

—¿Qué...? –empecé a preguntar al llegar a su lado.

—Son amigos míos –dijo Ahmed–, os diría sus nombres, pero no creo que seáis capaces de memorizarlos todos. En cambio, ellos sí recordarán los vuestros. Chicos, estos son mis hermanos: Laurie, Joseph y Elizabeth.

Los niños sonrieron aún más.

—Ahora –continuó Ahmed–, os diré lo que vamos a hacer. Esta tarde, los muchachos se

encargarán de **sacar al dependiente del bazar** durante
un rato para que Laurie pueda
entrar sin que le vea.

—¿Y cómo lo harán? –pregunté yo.

—**Ellos saben cómo** –me respondió Ahmed, intrigantemente.

CAPÍTULO XVIII

LOS PILLUELOS

A última hora de la tarde ya estábamos merodeando cerca del bazar. El calor aún era sofocante y el aire parecía estar detenido. Me senté en la tierra y sentí cierta modorra, pero pronto los acontecimientos me sacaron de ella. Ahmed se puso a repasar el plan.

–Cuando tengas libre la entrada, métete en la trastienda **y escóndete** igual que la otra vez.

–Sí, sí –le contesté maquinalmente.

Me lo había repetido todo mil veces. O dos mil. O tres mil.

–Cuando sea de noche y el tipo se haya marchado –continuó él, como si no me hubiera

oído–, nos abrirás la
ventana de la fachada y entonces Joseph, Elizabeth y yo mismo te
acompañaremos hasta que **Parker** y su socio vuelvan. Después te llevarán a ti sola, pero te
seguiremos de cerca. Tengo un buen plan
para detener el cargamento.

Asentí de nuevo sin hacer preguntas inútiles,
pues Ahmed llevaba todo el día muy misterioso,
sin querer explicar nada de sus múltiples planes...

–¡**Atención**! –exclamó entonces Ahmed
con un susurro.

Miré hacia el bazar y vi a dos de los pilluelos
que formaban el numeroso grupo de antiguos amigos de Ahmed entrar dentro. Todo pasó

106

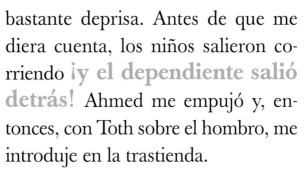

bastante deprisa. Antes de que me diera cuenta, los niños salieron corriendo ¡y el dependiente salió detrás! Ahmed me empujó y, entonces, con Toth sobre el hombro, me introduje en la trastienda.

Temblando por la emoción, me escondí, pero pude ver cómo los ágiles niños corrían calle abajo. El dependiente, un hombre bastante grueso, no podía seguirles con facilidad y, además, los otros amigos se encargaron de entorpecer su persecución cruzándose en su camino, tirando cosas, e incluso empujándole.

Sin saber cómo, en pocos metros los pilluelos desaparecieron por las callejuelas y el dependiente, confuso y enfadado, regresó al bazar y entró murmurando en árabe.

Ya era casi la hora de cerrar, así que esperé acariciando a Toth para que no se pusiera nervioso hasta que escuché cómo se cerraba la puerta. Entonces abandoné mi escondite y **fui hasta la ventana principal**, donde vi que **«alguien»** había dejado el cerrojo descorrido. Abrí y dejé pasar a mis hermanos, que se introdujeron en el bazar como tres escurridizas sombras **en mitad de la noche**.

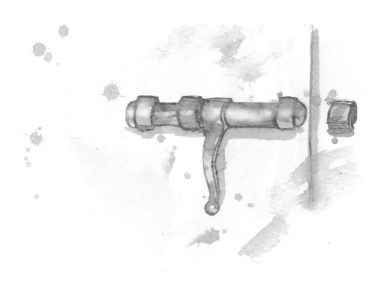

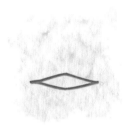

CAPÍTULO XIX

UN CAMBIO DE PLANES

Me sentí mucho más tranquila al verme de nuevo rodeada por mis hermanos. Ahmed buscó la caja que contenía las esfinges ya preparadas, pues ese era seguramente el cargamento reservado para aquella noche.

Con gran rapidez, cambiamos aquella caja por otra vacía en la que yo me metí. De pronto, me dio miedo ir a parar a las manos de Parker. ¿Y si abría la caja para comprobar la mercancía y me descubría? Mi rostro debía de ser la viva estampa del terror, porque Ahmed se echó la mano al bolsillo y sacó la navaja que había cogido unas noches antes en la misma tienda.

—Por si necesitas defenderte —me dijo, entregándomela.

Yo debí de palidecer aún más. La perspectiva de **enfrentarse a Parker** con aquel ridículo cuchillito me hizo reír (por no llorar). Era una navajita para llevar de excursión y partir el pan. **¿De verdad mi hermano creía que era un arma?** Supongo que sí, porque me la entregó con tanta seriedad que no tuve más remedio que aceptarla sin decir nada.

Mis hermanos cerraron la caja con el precinto y se escondieron. Al poco rato, oí cómo se abría la puerta del bazar y cómo, además del característico campanilleo, unos pasos y unas voces se acercaban.

—Unos sinvergüenzas, eso eran, jefe —decía el dependiente—. **Entraron a robar** y, aunque los perseguí por la calle, no pude atraparlos.

—**¿Llegaron a ver la trastienda?** —preguntó Parker fríamente.

–No, señor, solo se llevaron baratijas del primer mostrador...

–Está bien –le cortó Parker–. Ahora, vamos a lo nuestro. No podremos sacar el helicóptero esta noche, por lo visto hay una inoportuna ceremonia musical para turistas a los pies de la Esfinge.

–¿Entonces no llevaremos los zafiros hoy?

– Sí, pero lo haremos por un circuito distinto: nos arriesgaremos a que un camión venga hasta la puerta principal y, una vez cargado, llevaremos las joyas a un aeropuerto privado.

–De acuerdo, jefe, prepararé los zafiros.

–Eso no es todo –le interrumpió Parker con autoridad–. Si vamos a arriesgarnos a sacar un camión, nos llevaremos todas las cajas de una sola vez, no solo los zafiros.

Y de este modo, en media hora todas las cajas estaban cargadas en un camión. El único problema era que una de aquellas cajas no contenía zafiros, sino una niña y un mono muy asustados.

CAPÍTULO XX

LLUVIA DE JOYAS

Entonces recordé la navajita de Ahmed. La saqué y fui rasgando despacio el precinto, hasta que pude abrir mi prisión de cartón. Toth salió el primero; yo saqué solo la cabeza y miré a mi alrededor. Tal y como esperaba, estaba en el contenedor de un camión, rodeada de cajas. Fuera, oía cómo Parker y su socio terminaban de **cerrar el bazar**. ¿Qué pasaría si el camión se marchaba ahora? Tenía confianza en mis hermanos, pero ¿y si no habían conseguido salir de sus escondites y ahora se hallaban encerrados? El súbito cambio de planes de Parker había dado al traste con los

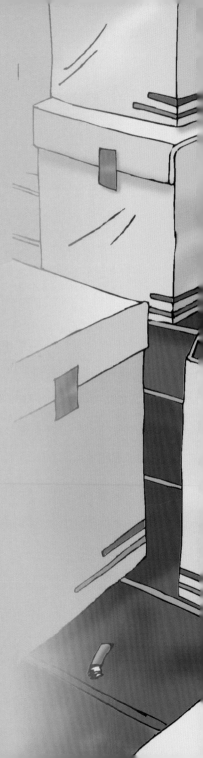

planes secretos de Ahmed y ahora yo **me encontraba sola ante el peligro**.

No perdí el tiempo. Rápidamente, **rasgué todos los precintos** de todas las cajas. Noté que el motor se ponía en marcha, pero Toth ya estaba desenganchando los mecanismos de cierre y entre los dos logramos abrir las compuertas del camión. Justo cuando comenzó a moverse, volqué la primera caja, de manera que todo el cargamento de esfinges cayó como una cascada. Al estrellarse contra el suelo, la mayor

parte de las esfinges se rompieron y de su interior salieron rebotando **cientos de piedras preciosas.** Seguí volcando todas las cajas sin pensar muy bien en lo que hacía: ya que estaba perdida, al menos quería que Parker no se saliera con la suya. Y entonces, de pronto, escuché a Ahmed gritar:

—**¡Niños de la calle, al ataqueeeeeeeee!**

De todos los rincones de la calle, que hasta entonces había sido **oscura y silenciosa**, brotaron como por arte de magia un montón de niños y niñas que parecían surgidos de las sombras.

Al verse rodeado por tantos chiquillos que gritaban, **Parker detuvo el camión.** Yo acababa de arrojar fuera la última caja y aproveché que estábamos parados para saltar hacia la calle. Una calle que era un verdadero tumulto de pequeños que recogían las piedras preciosas del pavimento, riendo sin parar.

Parker bajó del camión, fuera de sí, pero cuando vio que las ventanas del barrio empezaban a abrirse y que los vecinos se asomaban a ver qué ocurría en la calle y qué eran **esos gritos** en plena madrugada, comprendió que había perdido aquella batalla. Se dio la vuelta, volvió a ponerse al volante y, furioso, arrancó y se perdió por un callejón, dejando una polvareda tras de sí. En su huida, a Parker le dio tiempo para mirar por el espejo retrovisor y clavó sus fríos ojos en los míos **con una rabia que me hizo estremecer**.

En menos de diez minutos, los pilluelos y nosotros mismos habíamos limpiado la calle, dejando solamente las rotas esfinges desperdigadas. Los niños desaparecieron en las sombras del mismo modo como habían llegado y se perdieron por las callejuelas de El Cairo.

—Vámonos —me dijo Ahmed, cogiéndome del brazo—, no es conveniente que nos pillen aquí.

Nos deslizamos por un callejón imitando a los escurridizos amigos de Ahmed, justo cuando ya se oían llegar **las sirenas de la policía** y algunos vecinos ya estaban en la calle con gesto de sorpresa.

CAPÍTULO XXI

EL FINAL DE TODOS LOS PROBLEMAS

scuchad esta noticia –dijo papá, sorprendido, dejando su café sobre la mesa del desayuno.

«Anoche, en el zoco, se produjo un misterioso tumulto. Cuando la policía llegó, avisada por los vecinos, solo pudieron ver la calle llena de pequeñas figuritas con forma de esfinge, rotas y desperdigadas por todas partes. Los testigos relataron que habían caído de un camión que no ha sido localizado y aseguraron que una multitud de niños callejeros se llevaron las piedras preciosas que presuntamente contenían las figuras de las esfinges...».

–¡**Asombroso!** –intervino Sir Andrew.

–No creo que sea verdad –dijo mamá–. ¿**Quién rellenaría cientos de esfinges con piedras preciosas?**

–En todo caso –añadió papá con cierta amargura–, ojalá fuera cierto y hubiéramos estado allí. ¡Habría supuesto el final de todos nuestros problemas económicos en la excavación!

Y justo en mitad de esta conversación, que papá me relató más tarde, fue cuando sonó el timbre. Mamá abrió la puerta y al vernos a los cinco acompañados de la policía, abrió los ojos desmesuradamente.

–¡Niños! –exclamó–. ¿**Qué hacéis aquí con la policía?** ¡Se supone que estabais todos arriba durmiendo!

–Ejem, señora –carraspeó el comisario–, deje que yo le explique. Ayer noche sus hijos fueron testigos de cómo atrapamos a una importante red de **contrabandistas de joyas**. Ellos fueron los que nos enseñaron su almacén secreto en el interior de **la Gran Esfinge** y gracias a ellos tam-

bién pudimos apresar al socio principal, aunque desgraciadamente, el jefe consiguió huir.

Papá y mamá nos miraron de hito en hito.

—¿Se trata de la noticia del periódico? —preguntó papá atónito.

—Sí —respondió el comisario—. Por lo visto, traían las piedras preciosas en secreto desde minas ilegales de África y las ponían en circulación camuflándolas en el interior de figuritas de souvenir. **Sus hijos han sido muy valientes y merecen un premio** por ello; por eso, en nombre del Gobierno, les hago entrega de parte del botín.

Papá, mamá y Sir Andrew abrieron muchísimo los ojos cuando contemplaron incrédulos el montón de joyas que el comisario depositó sobre la mesa del desayuno.

–¿**Qué**?... ¿**De dónde**?... ¿**Cómo**?...
–balbuceó papá.

—Es solo una pequeña parte, como agradecimiento... –explicó el comisario.

A continuación, saludó cortésmente a mis padres y se despidió, cerrando la puerta de casa y dejando a los mayores asombrados.

—La historia del periódico es verdad –dijo Ahmed–. Y faltan algunas piedras, las que se llevaron los niños de la calle, mis antiguos amigos, para comer.

—Entonces están bien empleadas –opinó mamá.

Sir Andrew tomó las piedras de la mesa y las observó de cerca.

—Son de gran pureza –declaró–. Nos podrían dar un buen dinero por ellas...

Y entonces, por fin, el entusiasmo de apoderó de los mayores.

—¡Podremos seguir excavando! –exclamó papá.

—¡Ya tenemos fondos suficientes! –añadió mamá.

—... Y solo queremos a

cambio un pequeño regalo –dije yo, aprovechando la ocasión.

–¡Claro! –Sir Andrew nos hubiera regalado la luna en ese momento.

–Queremos ir **de excursión a Luxor** y visitar la Avenida de las Esfinges.

–¡Prometido!

Os preguntaréis si fuimos finalmente a ver la Avenida de las Esfinges y qué nos pasó allí. Pero esa es otra aventura... Que ya os contaré otro día.

DECÁLOGO DE
EL CLUB DE LOS SABUESOS

1. **El club de los Sabuesos** está formado por Laurie, Ahmed, Joseph y Elizabeth Callender. Todos los miembros tienen derecho a opinar y votar las decisiones del club.

2. La mascota oficial del club es el mono Toth.

3. El interés de los cinco sabuesos es resolver enigmas y misterios en cualquier parte del mundo.

4. El club defenderá siempre las causas justas de un modo pacífico. Los sabuesos se protegerán unos a otros y jamás se abandonarán ante un peligro.

5. Los sabuesos son respetuosos con la naturaleza y **defensores de los derechos de los animales**.

6. El amuleto oficial del club es el escarabajo egipcio (escarabeo).

7. Un sabueso sabe **guardar un secreto**.

8. Los sabuesos conocen el **lenguaje secreto** del club.

9. Un sabueso es leal y nunca miente a otro sabueso.

10. Los cinco sabuesos lo seguiremos siendo siempre. Por mucho tiempo que pase y aunque nos hagamos mayores… **¡siempre seremos sabuesos!**

LENGUAJE SECRETO DE EL CLUB DE LOS SABUESOS

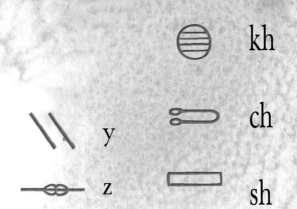

Si eres un buen sabueso, serás capaz de descifrar este mensaje:

INFORMACIÓN PARA SABUESOS

AMENOFIS IV. Más conocido como Akenatón. Décimo faraón de la XVIII Dinastía egipcia. Se le conoce como el faraón hereje porque cambió el culto de Amón por el de Atón. Fue el padre del famoso Tutankamón.

ARQUEÓLOGO. Persona que estudia personajes, objetos o monumentos de la Antigüedad observando los restos que se encuentran en las excavaciones. James y Lise Callender son un matrimonio de famosos arqueólogos que viajan por el mundo con sus hijos descubriendo tesoros maravillosos.

AVENIDA DE LAS ESFINGES. Camino que une el templo de Luxor con el de Karnak adornado con espectaculares esfinges de piedra. Fueron restauradas en el año 2012 y hay más de 600 esfinges que pueden visitarse.

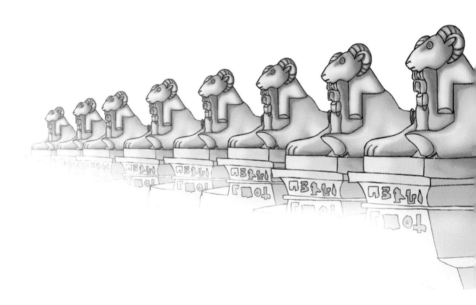

EL CAIRO. Capital de Egipto. Ciudad con unos 16 millones de habitantes situada al sur del delta del río Nilo, cerca de Giza y la antigua Menfis.

ESFINGE DE GIZA. Enorme escultura de más de 20 metros de altura y casi 60 de longitud. Tiene cabeza humana (se cree que representa al faraón Kefrén) y cuerpo de león. Está situada en Giza, a unos 20 km de la capital de Egipto, El Cairo.

FARAÓN. Rey del Antiguo Egipto que se asociaba con el dios principal, de manera que era el dios en la Tierra y por tanto venerado por todos. Seguramente te suenan faraones famosos como Ramsés, Akenatón o Tutankamón. Hubo también mujeres faraón, como la famosa Cleopatra VII.

GRANDES PIRÁMIDES. Las tres pirámides de Guiza: Keops, Kefrén y Micerinos fueron construidas durante el Imperio Antiguo egipcio, aproximadamente en el 2.500 a. C., con unos adelantos técnicos impensables para una época tan temprana. Llevan el nombre del faraón que las mandó construir con el fin de que le sirviera de tumba.

JEROGLÍFICO. Escritura que se representa por medio de dibujos, figuras o símbolos, en lugar de letras. Los egipcios lo usaban en todos sus escritos y además decoraron sus monumentos con ellos, cargándolos de significado. Hoy se pueden traducir los jeroglíficos gracias a los descu-

brimientos de Jean-François Champollion, un egiptólogo que logró descifrar los jeroglíficos de la piedra de Rosetta.

KEFRÉN. Cuarto faraón de la IV Dinastía. Era hermano de Keops y se cree que fue el que mandó construir la Gran Esfinge de Giza y la Gran Pirámide como monumentos funerarios.

LUXOR. Ciudad de Egipto edificada sobre la antigua Tebas, que fue capital en época faraónica. Está situada a las orillas del Nilo y en sus cercanías están el Valle de los Reyes y el Valle de las Reinas, donde se encuentran casi todas las tumbas de los grandes faraones.

MOMIA. Cadáver de una persona o un animal que ha sido tratado para evitar que se pudra y pueda conservarse desecado. Los egipcios eran expertos en tratar el cadáver.